青の手紙

飯田裕子

明窓出版

『あなたの空になる日』

はばたきたいのなら
そうすればいい。
もうひとりで歩けるのなら
進めばいい。
そして
疲れたなら　また　休めばいい。
わたしは　いつでも
あなたを想っているから。
わたしは　あなたの
空になるから。
始まりも　終わりもない
空だから。
大きく広く
優しく包む　あなたの
空になるよ。

『タイムリミット』

サヨナラした秋が終わって
もう　あきらめていた
まっ白の雪の世界に
連れていってもらったし、
ふたりの出逢った春も過ぎたし、
季節はすっかり
シアワセだった夏になって
悲しみの秋になるまでには
あなたの笑顔を忘れなくちゃいけないから
あと少しだけ
素直でいさせて下さい。

『青の手紙』

きっとね、
あなたはもう
わたしを
見つけられない。
わたしも　あなたを
見つけられない。
時間が流れるのが
はやいから
今日の空、
あの時の青とは
正反対です。

果てない空のしたに
果てない愛のひとと一瞬でも
ふたりでいれたなら
星をつかめそうだし
空を飛べそうだし、そして
もしもの世界にも
たどりつけるかしらなんて

『風の便り』

風の便りが
届きました。
とても　なつかしく　優しく
わたしを包んでくれました。
きっと、あなたがわたしのことを
考えているのですね。
それならば、
あなたのもとにも　今ごろ
同じように
風の便りは
届いていますね。

あの日のうたは
渇いた日々に
落ちる
しずく
まともなふりしてるこの瞳に
ひかりが刺せば
この体を描ける

だから抱き締めて

君の体温が宿ったらまた
あの風が吹くから

そして
ぼくは
君の
風になる

『4月2日』

愛のあなたに
どうしても伝えたい
『HAPPY　BIRTHDAY』
同じ時間の世界に出逢えて
本当によかった

会いたくって
いつもみたいに
笑ってほしくって

とても大切なあなただから
この苦しい切なさも
シアワセなのかもしれないね

『一方的想い』

背のびをして手を伸ばしても
届かない　この空のように……
ジャンプをして体全部でつかんでも
こぼれ落ちる
この光のように……
言葉を並べても
からだを重ねても
触れられそうなのに
入ってはゆけない
あのひとのココロ

逢いたい。
逢えない。
時間に余裕がなくて
でも案外近くにいるから
つける理由もあいまいで。

想像力豊かなふたりが、
ココロの声を風に乗せた。
祈りはいろづいて
時間を旅したから
歌のように愛に
たどりつけたね。

『望む』

わたしは
わたしでありたい

『夢と現実』

静かに落ちてく夜に
賭ける想い
夢
明けてく夜に
落とした涙
悲しい現実

『希望の園』

絶望の部屋に
枯れた花と、あなた。
光も、音も、何もなく
過ぎゆく時に未来を望み……
枯れた花に
あなたの涙ひとしずく
愛を教えてくれた心《ばしょ》。

『失恋』

穏やかな風が
あなたを私へと
導いて
そして
私のもとから
連れ去った
夏の終わり

春に生まれたわたしに
春に生まれたあのひとは
春に愛を
くれました

それなのに
さよならは
春を待てずに……

『RAIN』

雨は好きです。
切なさを教えてくれるから。

澄んだ空は嫌いです。
すきですきでたまらない
片想いのあのひとと感じられないから。

雨は好きです。
切なくなる程、
あのひとへの
止まらない想いに
気づかせてくれるから。

『花』

一緒に笑いたいのは
あなただけです。
気づくのが遅れてしまいましたが……

きっと　ずっと　わたしは
この花を
守り続けるでしょう。

つまり
あなたがわたしにくれた愛は
大切な
たからものです。

大切なひとへの言葉が
何も　何も
見つからないから

抱きしめることの
安らぎや　優しさを。

苦しいよ。
月に照らされた
あの人の涙。

いちいちね、
気持ちや行動を
確認しないと
不安なふたりだったから、
傷つけあって傷ついた時から

はじまる事が
できたのだと
思うココロも
新鮮でいいよね。

『たましい』

いつの日も
あなたの笑顔は
わたしの光でした。

いつの日も
あなたの愛は
わたしに希望を与えてくれました。

咲き誇る花と
美しく清い水。

わたしのたましいを咲かせたのは
あなたのそのたましい。

『サヨナラの空』

広がるオレンジの景色が
鮮やかすぎて
あなたの存在は
わたしのココロに
深く深く突き刺さります

色あせた過去
針葉樹の社会
ゆがんでしまった花

セピア色した現実から
深い深い青の世界へ飛びこもう!!

あなたが泣いてる
夢をみました
だから　いっしょうけんめい
笑いました

『あこがれ』

別に特別な関係を望んでいるわけではなくて、
常に愛されていたいわけでもなくて、
何かを一緒にやりとげたいとか
そうゆうことコトはどうでもよくて、
ただ　ふたりがいいと思うココロ。

祈っても　祈っても
あなたに会えない夜は続く
幼いころ、小さな願いや夢をのせた
シャボン玉みたいに
いろんな想いがふわふわ浮かんでは
はかなく消える
なんだかみんな、意志悪だね
あなたに出逢えた　この場所も
悲しいくらい　いろづいて
あなたと感じた　あの風は
どこへ行ってしまったのかな

『あいのひと』

あなたが苦しくて涙だったら
わたしのココロは痛くて痛くて
あなたがうれしくて楽しくて元気だったら
きっとわたしは
ほほえんでいるでしょう

今　あなたがシアワセなら
それは　わたしが　今
シアワセだから

きみに出逢って
笑えるようになった春だから
わたしは今、
シアワセでいることが
できるのです。

いつかまた
スパンコールの夜景を
一緒に見たいな。

『あなたと一緒なら
この世界、
何もこわくないわ』なんて
ふーん……って思ってたけど
本当なんだね。

すべてを捨てて
はばたく自由
自由を求めて
飛び出す勇気

勇気を出して
動き出す意志

ココロがこわれてしまったと
あなたが言ったから……
サヨナラ、愛するひと
わたしのココロは
消えてしまったよ
ごめんね、大切なあなた

たとえ　うそだとしても、
この一瞬を
大切にして。

まさかこんな結末になるなんて
愛はふたりの事だと思っていたのに
どれだけ祈っても
一緒に見た春はもう
二度とやってこないけど
皮肉だね
違う顔してこっちを見てるよ

『エロティック・ビューティー』

創られた美と
生まれた時から持ってる美のあいだ
上手に使いわけて
この世を渡る
弱いから　あやしく光るあなたは
エロティック・ビューティー

『きみへのお願い』
もう優しくしないで。
微笑みかけないで。
どうしたのって心配しないで。
たまには電話して。
嫌いにならないで。
夢のなかにでてこないで。
お願いだから
愛して下さい。

ココロの奥の
ずーっとずっと深いとこから
あなたを想ってるの

簡単な言葉って
案外　重いね

勇気が欲しい
花のように強い

空みたいな　あなたは
今
何を想ってるのかなぁ

この広い草原に
あとどれだけのたんぽぽが咲けば
あなたの笑顔に会えるかな
一面黄色くなったら
ここで待ってるわたしに
気づいてくれるかな

それとも
ずっと前にあなたは
白いわたげと共に
新しい自由の世界に
飛んでいってしまったのかな

鮮やかに彩られた季節の中で
すれ違いに気づくふたり
よく海を眺めたこの場所も
すっかり変わり果てたね
必死に言葉を探すわたしと
ココロをどこかに置いてきてしまったあなた

肉眼で見える限りの星の下で
見つめたあなたの顔

サヨナラの前は
そんなふうに笑うんだね

『凪』

今日の凪
あの時うたってくれた
歌のように
優しいから
あなたに
とても　会いたくなります

くりを拾ったよ
たくさん落ちてたから

1つだけ
あのひとに
あげましょう

『はじまり』

色を失ったのか
それとも
はじめから　色なんてものは
なかったのか

出逢いによって
わたしの世界に
あなたは
彩を落とした

なんでも吸いとれる掃除機があったら……

遠くへ飛んでいってしまった
あなたのココロを
連れ戻せるのに

知らない　知らない
何も見えない

知らない　知らない
何も聞こえない

違うよ
ほんとは　知ってるの
見たくなくて
聞きたくなかった

『ぬくもりセーター』

だいすきなひとが
おうちにきたから

このおへやはね

ぬくもりセーターみたいだよ

『ラヴレター』

今度の夜は
一緒に花火をしませんか?
きっと彩鮮やかに浮かぶひかりは
ふたりを　少し近づけるから
そしてゆっくり　長く
キスをしましょう

たくさんの星に見守られ
ただ　この時間のなかにいる
ふたりを祝って
遠くへ優しく溶けましょう

ひとりとゆう不安、
ふたりとゆう孤独。

何でもいいからすがりたい
頼りたい

そんな日常のなか
神様に「一生のお願い」を
まだ一度もした事のないひとに出逢った

あとどれだけ傷つけば
あなたのとなりにいる事を
許されるのでしょう
あとどれだけ苦しめば
あなたの愛がわたしに
むけられるのでしょう

もうこんなに傷ついたのに
たくさん泣いたのに
すきを伝えたのに　何度も
何度も
どうしたら
ねぇ　どうすればふたりは
ひとつになれるのですか

『しあわせの日』

目を閉じて
一番最初に見えたもの

あなたの笑った顔

一番最初に思った事

あなたの事

目を開けて
そこには
いつもと同じ
あなたがいた

今は
ただ　流されるのも
いいね

『リアル』

未来を想像したり
夢みたいなはなしを
優しく教えてくれたり

だからなんだか最近
自分を美化して
偽ってあなたといる気がして……

いつもいつも
今を現実的に生きてる
・・・
あのひとの事を想う時間が
とても多くなった
私の現実

本当はね

青の手紙を出してからも
ずっと探していたよ

いつかまた
あの時のような空に
あの澄んだ青の空だったら
あなたを見つけられると
思っていたよ

あなたは言った
「どこにも行かない」と。
オレンジの空に浮かぶ
みどりいろの朝日、
うそじゃないよね。

そんなにたくさん
約束をしてあなた
またあの時と同じように
わたしたちは……

ショパンやバッハのように
究極の愛を　わたしは
気持ちを音にはできないから
こうして
毎日毎日、書いているのです
いつか
あなたのもとへ
届くものとし……

平気でうそをつくし
普通の顔して意地悪だし
しゃべるのはやいし　おまけに
歩くのもはやくて
いつもついてゆけないけれど
愛が優しいから
あなたはわたしの大切なひと

いいのよ
わたしは
大丈夫だから

はやく　はやく
大切なひとが
待っているよ

そして
わたしのもとから
大切な　あなたは
去ってゆきました

あなたの言葉に
期待しすぎて
わたしのなかに
理想の山

……もう、いいよ

もういいから……

考え事をしていると
どうしたの？と
子犬のような顔をして
こちらをのぞきこむきみが好きで

ため息をつくと
元気？と
首をかしげるきみが大好きで

おかしいけれど
困らせたくなるのです

青《あお》の手紙《てがみ》

飯田《いいだ》裕子《ゆうこ》

明窓出版

平成十三年八月二十日初版発行
発行者――増本　利博
発行所――明窓出版株式会社
〒一六四―〇〇一二
東京都中野区本町六―二七―一三
電話　（〇三）三三八〇―八三〇三
FAX　（〇三）三三八〇―六四二四
振替　〇〇一六〇―一―一九二七六六
印刷所――モリモト印刷株式会社
落丁・乱丁はお取り替えいたします。
定価はカバーに表示してあります。

ISBN4-89634-075-2

ホームページ http://meisou.com　Eメール meisou@meisou.com

水平線の向こう側　　岡田さや子　　定価900円

湘南の海から吹いてくるさわやかな風。鎌倉育ちの著者が、水平線の向こう側にはせる想いを込めた、フォト＆ポエム。海が見たくなったら読んでみてください。

俺は死ぬまで生きるんだ　　梅野貴裕　　定価1300円

「誰かに『強い』と言われたくて書き続けてきたわけじゃない。それは、メッセージを読んでくれる人に強く生きてほしいから」硝子の十代からの発信。魂を揺さぶられる詩の数々

no name（ノー　ネーム）　　カノウ猫子　　定価1000円

男と女の数だけ恋愛論はある。

「あの頃は　頃なりに　真剣だったのに　振り返れば子供の恋」

蒼い太陽　紅い月　　菊池直人　　定価1500円

「偏見の目で、僕等を見ないで欲しい。確かに、僕は何でもしたさ。向こう見ずだから。窃盗、麻薬なんてザラだった」今に生きる若者の声を素直につづったつもりです。大きな、寛大な心をもって、この詩集を読んでください。きっと何かに気付くから……。著者

小さな恋　大きな愛　　田村千恵美　　定価780円

「小さな恋から始まって　今は　あなたの大きな愛に支えられ　生きている私です」こんな恋ができたら…。今、恋のまっただ中の方も、恋人募集中の方も、とっても暖かくなれる一冊です。

独　楽　　前多秀彦　　定価1100円

「今、燃えよう　明日、何が起こるか　わからない　僕たちだけど。　今、燃えよう　明日、輝くかもしれない」不器用だけど、繊細で。朴訥だけど、澄んで。心に染み射る珠玉の詩集

地球ホテル　　赤澤亜希子　　定価800円

「私たちはおよそ数十年の短い旅で、この地球をホテルのように借りて生きるだけです。そんな短い旅ならば、できる限り笑ったり、泣いたり、怒ったり喜んだりしたい。欲張るだけ欲張って、いろんな気持ちを感じたい。そんな気持ちを込めてこの本を作りました」著者　珠玉のフォト＆ポエム集。

心　奏　　真　世　　定価800円

「厭世」「朽壊音」「伝心」「恋愛」「感躰」

――空しさと悲しみの中　現役高校生が奏でた心のaria